Originalcopyright 2021 © Sina Land
Covergestaltung: Sina Land
unter Verwendung von Bildern aus Pixabay
Illustration und Zeichnung: Sina Land
(www.sina-land.jimdo.com)
Korrektorat: Thorsten Breuer
(www.lektorat-breuer.de)

1. Auflage Juli 2021

Herstellung und Verlag:
BoD – Books on Demand, Norderstedt

ISBN 9 783 753459691

Drei Wörter
für eine Geschichte

Liebe Mäuse Kinderglück

Kurzgeschichten zum Vorlesen und Erfinden

Geschichten zum Vorlesen

Geschichten zum Schreiben

Widmung

Für alle, die sich unermüdlich in der Pfelge
einsetzen und ihre Kraft mit den Menschen teilen,
die auf Hilfe angewiesen sind.

Mein Dank geht an alle,
die in der Betreuung und in Krankenhäusern
arbeiten,
die zu Hause pflegen,
die ehrenamtlich unterstützen,
die gerne helfen, wo Hilfe gebraucht wird,
die in der letzten Zeit besonders gefordert
waren.

Und allen,
die mitfühlen ohne nachzudenken,
die täglich mit offenen Augen durch die Welt
gehen und dort anpacken, wo es nötig ist,
die einem anderen Menschen gerne ein Lächeln
oder eine Geschichte schenken.

Ein besonderer Dank geht an alle, die drei Wörter
für die Geschichten gespendet haben.

Zu diesem Buch

Aus einem spontanen Aufruf in den sozialen Medien, bei dem ich um drei Wörter bat, um daraus Kurzgeschichten zu schreiben, entstand ein Projekt, das sein Eigenleben führte. Es stellten so viele Menschen drei Wörter zu den unterschiedlichsten Themen zur Verfügung, dass ich mit dem Schreiben kaum hinterherkam.

Dann trat Petra Jäger auf mich zu und fragte, ob sie die Geschichten ihren Bewohnern in der Senioren-WG zur Verfügung stellen könnte. Sie betreut hauptsächlich Menschen mit einer Demenz-erkrankung. Sie las die Kurzgeschichten vor, und die Patienten nahmen sie gerne an. Daraufhin haben auch die Bewohner sich Wörter ausgedacht, und das Projekt wuchs.

Nun wollen wir die Geschichten auch anderen zur Verfügung stellen, um die Kreativität zu fördern. Zu diesem Zweck findet ihr zwischen den Geschichten je drei Wörter. Jeder kann seiner eigenen Fantasie freien Lauf lassen und Geschichten kreieren.

Wir wünschen euch viel Freude mit dem, was hier spontan entstanden ist. Wer möchte, kann gerne ebenfalls drei Wörter an mich schicken. Weiteren Bänden sind keine Grenzen gesetzt.

Kontaktieren könnt ihr mich über:
www.Sina-Land.jimdo.com

Wortspender

Anita Georg

Anna Macht

Bärbel Zimmer

Gerd Schäfer

Ines Langbehn

Ingrid Sellmann

Petra Jäger

Stefanie Brandt

Waltraud Brunner

Anja Schmidt

Ann-Katrin Lohmeier

Florian Richter

Helga Ebner

Ingo Lenz

Martin Meyer

Ramona Ruff

Thorsten Breuer

Lieben Dank an euch fürs Mitmachen!

Windmühle

Regenwurm

Eiche

„Was für ein scheußliches Wetter!" Hanna versteckt sich tief unter ihrem Regenschirm, hält den Mantelkragen eng zusammen. Hätte sie sich nicht vorgenommen, besser auf ihren Körper zu achten und jeden Morgen eine Runde bis zur Windmühle und zurück zur Eiche zu laufen, würde sie augenblicklich umkehren. Genervt tappt sie in eine Pfütze.

„Hei, was soll das, kannst du nicht aufpassen!", dringt eine piepsige Stimme aus dem Nass hervor. „Um ein Haar wärst du auf mich getreten. Wie kann man bei solch schönem Wetter so dermaßen verpeilt sein!"

Hanna bückt sich und sieht einen Regenwurm, der sich motzend aus dem Nass windet.

Wörter von Ingo Lenz
Text von Sina Land
Zeichnung von Sina Land

Nun seid ihr dran!

Sonne

Strand

Meer

Eure Geschichte

Mäuserich

Regenbogen

Freundschaft

Mäuserich Edwin trippelt den langen Schulkorridor mit den gefühlt tausend Türen entlang. Wenn ihm die Freundschaft mit Hektor nicht so viel bedeuten würde, dann würde er hier nicht sein Leben für ein paar schnöselige Farben riskieren. Eilends hechtet er von einer Tür zur nächsten. Hoffentlich schleichen hier keine Menschen herum, die ihn just einen Kopf kürzer machen. Was für ein Wahnsinn! Mit einem Pulsschlag, um den ihn jeder Marathonläufer beneidet, grätscht er zur letzten Tür und verschwindet durch den Spalt in Sicherheit.

Im Klassenzimmer lehnt Hektor lässig an einem Topf aus grüner Farbe. Um ihn herum stehen weitere in sämtlichen Tönen des Regenbogens.

„Sag mal, warum kannst du nicht einfach eine graue Maus bleiben? Ich beschwere mich doch auch nicht über meine triste Farbe. Und warum unbedingt eine Schule, in der du dich umstylen möchtest?"

„Das Abenteuer!", triumphiert Hektor mit erhobener Tatze. „Langeweile haben wir sonst genug. Heute gibt es mal was Neues." Mit diesen Worten hüpft er von einem Farbtopf zum nächsten, springt hinein und hinterlässt daraufhin eine buntgemischte Farbspur auf dem Boden.

Wörter von Ramona Ruff
Text von Sina Land
Bild aus Pixabay

Nun seid ihr dran!

Rakete

Sterne

Weltall

Eure Geschichte

Tanne

Bleistift

Abendrot

„Potzblitz! Du hörst dich an, als wärst du aus einer Tanne gebaut", sagt der Organist. Sein Instrument soll das Stück „Abendrot" spielen, aber es klingt, als hätte es sich eine Bronchitis eingefangen. Dabei bemüht er sich, die Tasten und Pedale liebevoll zu berühren. Nach dem fünften Versuch lässt er die Finger vom Instrument gleiten, zieht seinen Bleistift hinter dem Ohr hervor und setzt zum Schreiben an. „Wer braucht schon Beethoven oder Mozart. Wir machen das selbst", redet er seiner Orgel gut zu. Flink zeichnet er Noten aufs Blatt, zaubert aus dem Lied ein Rockstück. „Dann heute eben so!", sagt er zufrieden und spielt.

Wörter von Martin Meyer
Text von Sina Land
Bild aus Pixabay

Nun seid ihr dran!

Hose

Hemd

Schuhe

Eure Geschichte

Meinereiner

Sommer

Glück

Kitty sitzt auf dem Boden neben der Straße und wünscht sich den Sommer zurück. Die grünen Haare hängen ihr ins Gesicht. Liebevoll betrachtet sie eine Schnecke, die sich stoisch über ein paar Steine quält. Mit einem Stöckchen schiebt sie einen der größeren beiseite, um das Tier auf den Gehsteig umzulenken.

„Was machst du denn da? Sitzt da im Dreck herum." Alina tritt zu ihr, zieht angewidert die Nase hoch und putzt einen Krümel von ihrer Designer-Jeans. „Meinereiner sieht zum Glück keinen Anlass, sich schmutzig zu machen."

Sie hört Sir Henry heranschlurfen, im Schlepptau Walter, den alle nur den großen Wolf nennen. Nachdenklich beäugen die vier die Schnecke. Henry räuspert sich. „Findet ihr nicht auch, dass wir ihr ein schöneres Zuhause schenken sollten?" Ohne auf eine Antwort zu warten, drängt sich Walter zwischen ihnen hindurch, packt das Tier vorsichtig an ihrem Haus und hebt es sanft an. Gemeinschaftlich verfrachten sie die Schnecke in den Garten der Villa Konfetti, wo kein Auto sie überfahren wird.

Wörter von Bärbel Zimmer
Text von Sina Land
Bild aus Pixabay

Nun seid ihr dran!

Kuschelbär

Nachttisch

Lampenset

Eure Geschichte

Kino

Abendessen

Musik

Ein bis auf die letzte Sitzreihe gefülltes Kino mit gefühlt tausend erwartungsvollen Augen, die sich auf den Streifen "Mörderisches Abendessen" freuen. Der Raum verdunkelt sich, das ausgelassene Geschnatter der Menschen verstummt. Augenblicklich ertönt dramatische Musik aus den Lautsprechern, und die Stimmung gefriert. Ein markerschütterndes Klirren, danach eine drohende Stimme, die von überall her zu kommen scheint. Just erleuchtet die Leinwand, und eine blutrote Schrift erscheint: "Nichts für schwache Nerven!" Dann verlaufen die Buchstaben und tropfen in eine Badewanne, in der eine Leiche liegt. Auf dem Tisch daneben steht ein romantisches Candle-Light-Dinner. Es wurde der Dame zum Verhängnis.

Wörter von Thorsten Breuer
Text von Sina Land
Bild aus Pixabay

Nun seid ihr dran!

Schlüssel

Kamin

Fasching

Eure Geschichte

Unendlichkeit

Herzblut

Erinnerung

„Was für ein warmes Licht", seufzt Annabell und dreht es in ihren Händen hin und her. „Wenn ich nicht wüsste, dass du in der Unendlichkeit bist, dann würde ich sagen, dass du das extra hier für mich auf den Tisch gestellt hast." Augenblicklich versinkt sie in einer Erinnerung. Ohne Tom hätte sie damals weiterhin nur ein Mauerblümchendasein gefristet. Mit ihm ist alles so leicht, so kraftvoll gewesen, so … Er ist die Dinge mit enormem Herzblut angegangen, egal ob er ihren Fahrradreifen geflickt oder sie mit einem Picknick überrascht hat. Sie hat sich stets aufgehoben gefühlt in seiner Nähe. Doch jetzt … Wo ist nur all der Mut geblieben?

Das Licht flackert. Augenblicklich hält sie die Luft an. In den letzten Tagen ihres Zusammenseins musste sie Tom versprechen, dass sie nie an sich zweifelt. Ansonsten würde er die Flamme in ihren Händen auspusten. Sie lächelt. „Ich weiß, du bist bei mir. Und ja, ich werde meinen Mut wieder aus der Hosentasche kramen. Dir zuliebe und auch meinetwegen. Ich liebe dich."

Wörter von Helga Ebner
Text von Sina Land
Bild aus Pixabay

Nun seid ihr dran!

Fahrrad

Gundula

Tempo

Eure Geschichte

Sonne

Mond

Sterne

„Ich liebe es, auf dem Balkon zu übernachten." Susanne sitzt auf ihrem selbstgebastelten Sofa aus Paletten, in einen Schlafsack gewickelt, die Füße auf einer Wärmflasche.

Ihre Mutter schaut zur Tür heraus und rümpft die Nase. „Kindchen, findest du es nicht zu kalt?"

Susanne verdreht die Augen. „Wer Mond und Sterne beobachten will, der kann das nicht vor dem Ofen."

„Was habe ich nur falsch gemacht", sagt ihre Mutter. „Andere Töchter sehen sich einen Sonnenuntergang an, nur du musst die ganze Nacht hier draußen verbringen."

Sie lächelt. „Ich finde, du hast alles richtig gemacht. Ansonsten wäre kein Naturmensch aus mir geworden."

Wörter von Stefanie Brandt
Text von Sina Land
Bild aus Pixabay

Nun seid ihr dran!

▲

Anruf

Schlabberklamotten

Bad

▼

Eure Geschichte

Trauer

Kinder

Mutterliebe

„Oma Otilia, warum häkelst du für Mama ein Tischdeckchen? Ich dachte, du magst das Fusselige nicht und deine Finger kommen mit solch dünnem Garn nicht mehr zurecht." Enkelin Sofie legt den Kopf schief und beobachtet, wie sich die Zunge ihrer Oma bei jedem Einstich zwischen ihren Zähnen verbiegt.

Otilia lässt das Häkeldeckchen in den Schoß fallen, schaut sie liebevoll an und streicht ihr sanft über ihren wilden Schopf. „Weißt du, bei Kindern ist das so. Da macht man auch mal was, was man nicht mag. Das nennt man Mutterliebe. Die ist sogar größer als die Trauer um deinen Opa. Ich mache das deiner Mama zuliebe, weil sie denkt, dass ich dann abgelenkt und nicht mehr so traurig bin. Und ich mag deine Mama so sehr, dass ich es einfach versuche. Das ist so, wie wenn du Hausaufgaben machst. Die magst du auch nicht, aber deiner Mama zuliebe machst du sie."

Sofie kratzt sich am Kopf. „Da musst du Mama aber ganz doll lieb haben."

Sie nickt und drückt ihre Enkelin an sich. „Ja, habe ich, und ich dich auch, meine Liebe."

Wörter von Waltraud Brunner
Text von Sina Land
Bild aus Pixabay

Nun seid ihr dran!

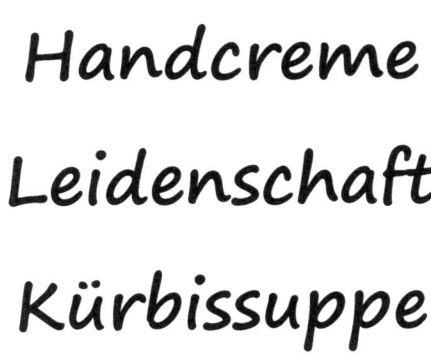

Handcreme

Leidenschaft

Kürbissuppe

Eure Geschichte

Fernweh

Freundschaft

Gefühl

Sandro steht in seinem Buchladen vor einem Regal und berät eine Kundin, die sich für einen Bildband über Thailand interessiert. Sehnsüchtig betrachtet er das Foto auf dem Cover, und augenblicklich überrollt ihn das Gefühl von Fernweh. Es trifft mitten in sein Herz, als bohre sich ein Messer hindurch. Der bittersüße Geruch von ewiger Freundschaft, die ihn mit einem Kumpel dort verbindet, lässt ihn schwindelig werden. Im Moment kann er ihn nicht besuchen, nur von ihrer Verbundenheit träumen. Doch irgendwann ... werden sie sich wiedersehen.

Wörter von Florian Richter
Text von Sina Land
Bild aus Pixabay

Nun seid ihr dran!

Vogelfutter

Bach

Kieselsteine

Eure Geschichte

Bauernhof

Rose

Gitarre

„Frühstück ist fertig!", schreit Sandra. Sie wuselt in der Küche und strahlt übers ganze Gesicht. Eine Rose steht auf dem Tisch.

Hannes streckt den Kopf zur Tür herein. „O Mann, hier duftet es wie in einer Backstube. Fehlt nur noch, dass du deine Gitarre auspackst und ein Guten-Morgen-Lied trällerst."

Schäkernd kneift sie ihn in die Backe. „Hab extra frische Semmeln gebacken."

Er pfeift durch die Zähne. „Du verwöhnst uns. Melanie, komm schnell, Mama will heute unbedingt fünfzehn Küsse mehr als sonst."

Sandra grinst. „Die ist nicht hier."

„Wie? Wir wollten doch gemeinsam heute meinen freien Tag genießen. Oma und Opa hätten doch auch ein anderes Mal mit ihr einen Ausflug machen können."

„Aber nein ..." Ihr Lachen wirkt noch ausgelassener. „Unsere Tochter ist rüber zum

Bauernhof gegangen und holt frische Milch von der Kuh Kerstin."

Hannes zieht die Augenbraue hoch. „Habe ich verpasst, dass heute Vatertag ist?"

Sandra kommt auf ihn zu und schlingt die Arme um seinen Hals. „Wir Mädels wollten dich eben mal verwöhnen."

Wörter von Anna Macht
Text von Sina Land
Bild aus Pixabay

Nun seid ihr dran!

Sandalen

Motorrad

Gift

Eure Geschichte

Vertrauen

Erdbeerkuchen

Rastlosigkeit

Mit einer nie dagewesenen Rastlosigkeit flitzen die Finger von Lorenz über die Tasten der alten Schreibmaschine. Seine Gedanken scheinen ihm geradezu davonzulaufen. Natürlich könnte er seine Geschichte ebenso gut erneut auf dem Computer schreiben, aber sein Vertrauen in dieses eigenwillige Ding ist die letzten Tage jäh zu einem armseligen Häufchen zusammengeschrumpft. Vorgestern war mit dem abschließenden Punkt unter seinem Roman der komplette Text verschwunden. Da half auch der leckere Erdbeerkuchen nichts. Nach dem Absturz der unzuverlässigen Kiste waren all seine liebevollen Gedanken, die darin gespeichert waren, vernichtet, ausradiert, weggeworfen. Dieses blöde Teil hat sie nie wieder ausgespuckt.

Wörter von Gerd Schäfer
Text von Sina Land
Bild aus Pixabay

Nun seid ihr dran!

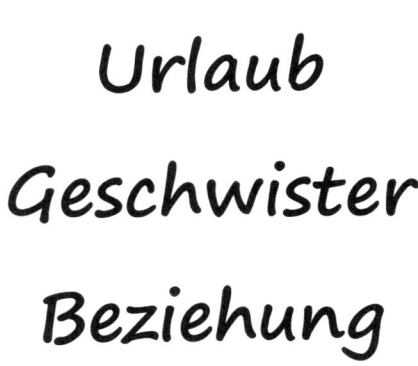

Urlaub

Geschwister

Beziehung

Eure Geschichte

Maiglöckchen

Morgentau

Vogelzwitschern

Oskar liegt in seinem flauschigen Hundekörbchen. Vogelzwitschern dringt an seine feinen Gehörgänge. Sofort ist er hellwach, flitzt laut bellend durch den Garten und an dutzenden Maiglöckchen vorbei. Sein Ziel ist die Amsel auf dem Hollerbusch, die er schon gestern aus seinem Reich vertrieben hat. Das Gras ist nass vom Morgentau, deshalb kommt er nicht rechtzeitig zum Stehen. Voll Karacho schlägt er im Busch ein, der Vogel stiebt in die Höhe, fliegt zum Apfelbaum, lässt sich darauf nieder und lacht ihn aus.

Oskar liegt in seinem Hundekörbchen. Erneut weckt ihn das Vogelzirpen. Knurrend erhebt er sich, schüttelt die Beine, tappt erhobenen Hauptes durch das Gras, stolziert an der schreienden Amsel vorbei und hebt sein Hinterbein. Genüsslich pinkelt er an den Hollerbusch. Dieses Mal wird er sich nicht auslachen lassen. Dieses Mal wird er zeigen, wer hier der Boss ist.

Wörter von Petra Jäger
Text von Sina Land
Bild aus Pixabay

Nun seid ihr dran!

▲

Lärm

Klingel

Stereo

▼

Eure Geschichte

Badeschlappen
Fotografieren
Meer

„Aber Andrea, wie siehst du denn aus?" Heiner schüttelt den Kopf.

Seine Frau schaut ihn verwundert an. „Aber Schnurzelschen, gefallen dir die Badeschlappen etwa nicht? Sind extra orange. Ist doch deine Lieblingsfarbe …"

„Schneckelschen, schau dir mal den steilen Weg und den Berg an." Er deutet zu einer Burg hinauf, die weit über allem thront. An der Turmspitze zieht ein Meer aus dunklen Wolken vorüber. „Du hast die Dusche mit unserem Ausflugsziel verwechselt." Ganz nebenbei fotografiert er das Szenario.

Sie dagegen schaut traumverloren zu den Wolkenbergen hoch. „Ich dachte halt, es gibt Regen."

Wörter von Ingo Lenz
Text von Sina Land
Bild von Ingo Lenz

Nun seid ihr dran!

Faulenzen

Frühling

Faden

Eure Geschichte

Regen

Regenschirm

Tanzen

„I am singing in the rain", tönt es aus dem Radio. Heiner schaut mit mürrischem Ausdruck durch das Fenster auf die Straße hinaus. Regen von oben ist ja normal, aber dieser hier kommt auch von unten, denn er spritzt von der Fahrbahn hoch und sieht dabei aus, als hüpfte er. Obwohl ihm nicht nach Frohsinn zumute ist, brummt er trotzdem die Melodie mit. Dann jedoch hält er inne, dreht sich von der Scheibe weg, läuft zum Radio und schaltet es aus.

„In Ordnung", sagt er zu seinem Spiegelbild an der Garderobe. „Ich werde mir von aufmüpfigen Wassertropfen nicht den Tag verderben lassen. Das wäre ja noch schöner. Schließlich habe ich den Krieg überlebt und die Hungersnot danach und die Demütigung, als mich mein Chef vorzeitig in den Ruhestand entlassen hat. Da werde ich mich nicht von einem nasskalten Tag aus dem Tritt bringen lassen. Ich werde mit euch tanzen."

Pfeifend nimmt er den Regenschirm aus dem Ständer und verlässt schwungvoll das Haus.

Wörter von Anita Georg
Text von Sina Land
Bilder aus Pixabay

Nun seid ihr dran!

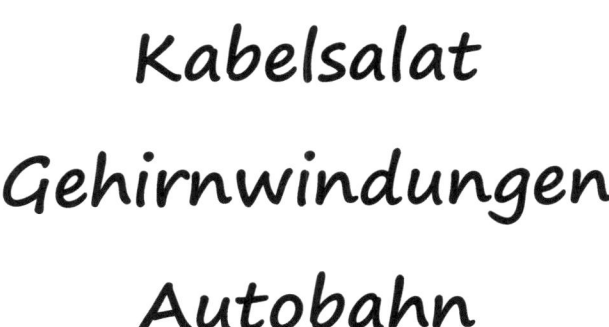

Kabelsalat
Gehirnwindungen
Autobahn

Eure Geschichte

Liebe

Sehnsucht

Ängste

Simone sitzt zusammen mit ihrem Vater am Frühstückstisch.

Mit finsterem Blick beäugt er sie über seine Zeitung hinweg. „Du machst dich mit deinen Ängsten noch völlig verrückt!", knurrt er. Eine Haarsträhne baumelt ihm widerspenstig ins Gesicht.

Diese motzigen Anwandlungen kennt sie. Deshalb ignoriert sie seinen Angriff und lächelt. „Wer tiefe Gefühle empfinden kann, Sehnsucht und Liebe ebenso spürt wie Angst und Wut, der ist genau richtig, weil er nichts verdrängt. Vielleicht solltest du deine Zeitung am Morgen nicht nur lesen, sondern hinterher auch zerreißen, dann hättest du deine Wut herausgelassen und wärst nicht ständig so grummelig drauf."

Wörter von Ann-Katrin Lohmeier
Text von Sina Land
Bild aus Pixabay

Nun seid ihr dran!

Wassertropfen

Heuballen

Kleid

Eure Geschichte

Möwen

Meer

Muscheln

„Oh", kreischt die Möwe langgezogen. „Dieser Westwind macht mich völlig fertig." Hektisch gleicht sie die ungestümen Böen aus, lenkt dagegen, setzt ihre Beine geschickt ein und pendelt sich wie ein Fallschirm über dem Meerwasser aus. Mit geschulten Lenkmanövern sucht sie am Strand unter ihr nach Muscheln. Ihre Augen blitzen, als sie eine Schönheit erblickt. Sie ist ein beispielloses Einzelstück, leuchtet perlweiß aus dem nassen, dunklen Sand hervor und hat eine hinreißende Form mit glatten Rändern, wie sie es nie zuvor gesehen hat. Dieser Schatz ist ihrer, und sie hat all ihre Konkurrenten hinter sich gelassen, um das Prachtstück zu ergattern.

Eine weitere Möwe taucht neben ihr auf. An diesem Kreischen erkennt sie sofort ihren Erzfeind. Schleunigst dreht sie sich geschickt, gibt sich so, als hätte sie direkt unter ihr die

Schönheit im Visier. Doch als der Feind zu einem Sturzflug ansetzt, fliegt sie einen gekonnten Haken und steuert ihrerseits auf den Schatz zu.

Bald darauf landen weitere Möwen direkt neben ihr, kreischen spöttisch über ihr Missgeschick. Ihr Schnabel steckt in einem Kaugummi fest, den jemand ausgespuckt hat. Ihre enorme Gier hat sie getäuscht, dabei hat dieser Schatz vom Himmel so umwerfend ausgesehen.

Wörter von Anja Schmidt
Text von Sina Land
Bild aus Pixabay

Nun seid ihr dran!

Abfalleimer

Vogelscheuche

Mandeln

Eure Geschichte

Glitzer

Freude

Leichtigkeit

An der Hand ihrer Mutter trappelt Susanna den schnöden Weg an der Straße entlang. Ihr Blick fixiert die Schuhbänder, die lustig bei jedem Schritt auf und ab hüpfen.

„Schneller, Sannchen. Du weißt, dass wir pünktlich im Kindergarten sein müssen, sonst schließen sie ab."

„Aber Mama, wir müssen in den Wald! Da warten die Feen mit ihrem Zauber-Glitzer auf uns." Mit einer Leichtigkeit, die nur Kinder kennen, hüpft sie ins Gras und will ihre Mama mitziehen.

Diese überlegt, wann sie das letzte Mal so richtig Freude empfunden hat, findet, dass es zu lange her ist, und folgt ihrer Tochter Richtung Feen-Glitzer-Abenteuer-Wald.

Wörter von Ines Langbehn
Text von Sina Land
Bild aus Pixabay

Nun seid ihr dran!

▲

Straße

Laterne

Pullover

▼

Eure Geschichte

Berge

Wiesen

Sonne

„Sonne auf meiner Haut, ich liebe das!" Lena liegt auf einer Wiese, gefühlt tausend Blumen um sie herum. Löwenzahn, Kuckucksblumen, Gänseblümchen, roter Klee und Gräser, die sie an der Wange kitzeln. Ein Windhauch streichelt über sie hinweg und wirbelt ihre Haare durcheinander. Urplötzlich steigert sich ihr Gefühl der Glückseligkeit in einen euphorischen Zustand. Erinnerungen an Tage, die längst vergangen sind, überrumpeln sie. Ihr ist, als hätten nicht ihre Freunde sie hierhergebracht, sie ins Gras gelegt und dafür gesorgt, dass sie weich liegt, um endlich einmal wieder ihre geliebten Berge zu sehen. Wie in alten Zeiten. Beim Anblick der Alpenkette vor ihrer Nase fühlt sie sich, als könnte sie ohne Einschränkungen aufstehen, die Brotzeit in einen Rucksack packen, mit dem Auto selbständig dorthin fahren und zur Zugspitze aufbrechen. Wobei es ihr egal wäre, wie der Berg genau heißt.

Joachim scheint zu bemerken, was in ihr vorgeht, und rutscht nah zu ihr, legt sich ebenfalls auf die Wiese und erzählt von einem Aufstieg, den sie gemeinsam angehen. Sie versinkt tief in das Knirschen der Kieselsteine unter ihren Bergschuhen, die gleichmäßige Bewegung, die sie dem Gipfel mit jedem Schritt näherbringt, der Schweiß auf ihrer Stirn. Bei einer Pause beißt sie in einen frischen Apfel und nimmt wahr, wie der süßliche Saft ihr neue Kraft für den letzten Anstieg verleiht. Am Gipfelkreuz oben umarmt sie Joachim, der ihr in diesem Moment durch seine Erzählungen imaginär ihre nicht mehr funktionierenden Beine ersetzt.

Wörter von Ingrid Sellmann
Text von Sina Land
Bild von Ingo Lenz

Nun seid ihr dran!

▲

Kälte

Perlen

Eiswasser

▼

Eure Geschichte

Weitere Kurzgeschichten
zum Vorlesen und Erfinden

DREI WÖRTER
FÜR EINE GESCHICHTE

Schiffe Sandstrand Sonnenschein

Kurzgeschichten für Erwachsene
zum Vorlesen und Erfinden

PETRA JÄGER   SINA LAND

DREI WÖRTER
FÜR EINE GESCHICHTE

Elfen Träume
Erinnerung

Kurzgeschichten für Erwachsene
zum Vorlesen und Erfinden

PETRA JÄGER   SINA LAND

DREI WÖRTER
FÜR EINE GESCHICHTE

Blaues Hohes
Verrücktes

Kurzgeschichten für Erwachsene
zum Vorlesen und Erfinden

PETRA JÄGER   SINA LAND

Über die Autorin
und die Ideengeberin

Liebe Petra, vielen Dank für deine klasse Projektidee und deinen Einsatz auf der Arbeit.

Liebe Sina, ich freue mich, dass ich dich dafür begeistern konnte. Vielen Dank.

Sina Land

ist Coach für Menschen in außergewöhnlichen Lebenssituationen und schreibt seit Jahren Bücher für Erwachsene. In ihren Entwicklungsromanen und Kurzgeschichten dreht sich alles um neue Ideen in festgefahrenen Situationen. Sowohl emotionale Tiefe als auch humorvoll Verpacktes sind die Gewürze in ihren Romanen.

In diesem Projekt kommt ein spezieller Aspekt besonders zum Tragen. Durch den Anstoß von Petra und Sinas Großmutter, die an Demenz erkrankt war, entstand dieses spezielle Herzensprojekt: Kurzgeschichten mit Tiefgang um bei diesen Menschen Erinnerungen hervorzuholen.

Petra Jäger

hat vor fünf Jahren die Qualifizierung zur Altagsbetreuerin gemacht und damit ihre Herzensaufgabe gefunden.

Vor zwei Jahren bekam sie die Chance, in Konstanz bei der Spitalstiftung an dem Pilotprojekt „Demenz-Wohngemeinschaft mit privatem Charakter" mitzuarbeiten, was ihr bis heute sehr viel Freude macht. Bei dieser Arbeit fehlten ihr bisher kurze Geschichten, die sich mit Themen für Erwachsene auseinandersetzen. Für Kinder gab es einiges, aber die Bücher waren nicht auf die Bedürfnisse von Erwachsenen zugeschnitten, insbesondere nicht auf demente Menschen und Senioren. So entstand der Gedanke, dieses Thema bei Sina Land anzustoßen.